あいまいな場所

氏家篤子

港の人

あいまいな場所

あいまいな場所　目次

I　くぐりぬける日

くぐりぬける日

込んだ西洋ヒバの生垣にあいた穴を
こそっとくぐりぬけると
匂いが立って
内羽を緑色に染めあげた気分で
目の前にひろがった
苔まじりの芝地の斜面を
四つん這いさながらに手と足で登ると
大きな木が露出させた根を張りめぐらしていて
おりおりに細かい花も咲く柔らかな土が
足の裏を落ち着かなくさせて
戻るにも

そこをくぐりぬけるから
生垣の内側はまのびした枝で
閉じかけている穴は
駆け下りるいきおいでぬけ出たから
ふだんどおりに
ひょっこり立っている
にちがいない
ときどき子供たちが出てくるから
子供たちは出てくるいっぽうだが
何を近道したかそれはさておき
いちどまねしたら
やめられない
あたりは窓の目に取り囲まれているから
たまにくぐりぬけていないと
わたしら閉じてしまうにちがいない

雨

雨をたっぷり溜めた並木の下を
一本また一本と歩いていく
頭上の茂みのその上の
崖の上の別の木の枝から
ギャアーッ
ギャアーッと
尾長の鳴き声がする
見上げても姿は見えない
人影もない
雨が降りしきっている
手にさげた荷物が重たい
傘の雨が重たい

雨粒が重たい
どれもこれも
重たいのだ
わたしも見るからに重たいふうで
歩いていく
うんざり歩いていく
向こうから
ひときわ深い大きな木の下が近づいてくる
欲しい
じっと見すえて近づいていく
木は整然と並んでその先へ
トンネルをつくって
とりつくしまもない目の一点になって
突き抜けてしまう
雨は真上から落ちてくる

目路

目路を
青葉が封じた
何かに触れたい
（ふたしかなもののたりなさをかたちにしても）

青葉のなかに一羽のキジバトを
きのうもきょうも見た
あのかたちをりょうてのひらで
胸のあたりにくるみこむような気持ちになって歩いた
思いごとはあんなかたちで
青葉のなかにぽつんとあってもいい

などと
思う端から滲みだす胡散臭さ
おおいかぶさってくるものを見上げると
実が垂れている枝にすぎない暗がりへと
夕暮れの空を飛び去る鳥は
黒いフォルムにすぎない

日に日に日は緑を吐いた

鳥の声がなんども引き裂いていっても
季節は傾いてしまうほどに重たくなって
確かと不確かの揺れ間を
生白い管のようなものが
しゅるしゅるとのびあがる

橋の上

雨の日に橋の上でひと息つく
ひどくため込んでいたものを
ささいなきっかけで
いっきに吐き出したら
唇がわなわなとふるえていて
なるほど　言葉通りになった
と　へんなことに感心して
それだけ
大きく　たっぷり弧をえがいて広がっている
草木ひとつない護岸が目の前にある

水嵩が増している
堤で、よその男が
河岸の屋根沿いの柵に足を掛けて
手を伸ばしてビワを取っている
枝がゆさゆさ揺れている
そう、鳥も食べないで落ちてしまう実は
取って食べてしまえばいいのだ
きつい蛇行のせいで
上流も下流も見通せないこのあたり
上げ潮と雨とで流れがまるでわからない
きょうの橋の上は
足がむずむずする
膨らむ橋の背中なのだ

白いシャツの日

バスの天井から垂れてきた水が肩や背中にかかった
あんのじょう水は黒ずんだシミになった
それがきょうの始まり
白いシャツだというのに
そうだった
日暮れにひと息ついて思い出した
この窓　見下ろした駅のホームの先のトンネルの口が
真正面に見える
あたりと見分けのつかない暗がりになってしまったら
電車がまるで生き物のように出てくる
入っていく電車は
去っていく電車

ホームの二本のレールが不安なぐらいととのって
それがしっかり見えている
あそこから出てきて
この窓で
外にも倦んで
だいぶ時間がたった
車がのろのろと道を迂回して
いっきにスピードをあげて去っていった
そのうちに山の上の鉄塔が群青色の空に浮きあがって
電線を張り巡らしている
それでも立ちあがらない
わたしを見透かそうと目を凝らしても
もう窓はわたしを映してばかりだ
シミなど見分けがつかなくなっても
シミのあるシャツをまだ着ている

現れたもの

黒い蝶のような影のようなものが
出たりは入ったり漂って
わたしにも鋭いものが欲しい夜
闇は迷いこむ指を
ずきんと刺して
わたしをいさめた
わたしをたかぶらせもした
確かに鋭い棘がある
はじまりは果肉房にあった一粒の種を土に落とした気紛れ

切り詰めすぎた枝とまぬがれた枝の
ようようと茂った葉と疲れた葉の
中途半端な一本の木に
閉じこめられて
幼虫が葉を一心不乱に食う
現れては失せ
現れては失せて
ついに早朝の嘴に尽きはててしまえば
許した蝶への夢も失せて
現れたのは
一本の真っ青な巨大な棘だらけ
棘が剝き出しになって
その先を待っている

切り通しの通学路

中学校の崖を
おおいつくしたクズの蔓が
誘い合うように伸び出してきて
ひとけのない通学路の中空に
気味の悪いほど群れて
立ち上がってゆれているのにでくわした日は
狭い切り通しの真上は
あきれるほど青空
花の匂いがもうしていて
崖の上のほうでさいていているにちがいないと
ちらちら葉陰をのぞいたりして
出かけて行ったし
帰って来たりすると

日の暮れた小学校のまえに
なにかがうずくまっているから
目をはなさないで
近づいて行くと
開きかけ
いや　閉じかけの
骨の折れた暗い傘
にすぎない
振り返れば
いつものこと
雨傘は道に放り出されて
いまごろになっても
うずくまっているものだったりと
この切り通しの通学路は
誰が通ってても
入り口も出口もない
吹き抜け

笹の芽を抜いている

その男が笹の芽を抜いているのを
わたしは執拗な目つきで見たにちがいない
囲いの金網の目から
笹が勢いよくはみ出している
明快なかたちの笹の葉に
忘れない
葉の感触や
指先の動き
裂いて　組んで
笹舟なんか

空でつくってしまえると
狭い道を
その男のわきを通り抜けて行くわたしを
にらみつけて
それでも　男は笹の芽を抜いている
片方の手は買い物をしてきたビニール袋を下げたままで
笹の芽を抜いている
つん　つん　と
ただ　抜いているだけになっている
おたがい見知らぬ夏の朝を
やわらかな白い付け根の
笹の芽は
針のように新鮮に
道に散乱している

Ⅱ　炎天

まひるま

白い海月がふわふわふわふわふわ
みているのは青空のそれかとも
そのさかいめのない水底のようなあたりで
むざんなほどに鮮やかな色がすけている
ながれているもののちがいはあるが

耳がうせて
花が
しぼむ
その一瞬
微熱をおびて

紅をにじませて
落ちた
一片のあざへ
ひにあぶられて橋をわたった
意志ははなびらのようになえている

わたしはどこにいる
ゆめをみているらしい
きれぎれのゆめはいちまいまたいちまいと
はがれていっては
杭のようなものにからみついている
いちまいまたいちまいとはがれていったゆめは
ふやけた皮膚のようなものでしかない
ゆめとうつつのさかいめの

夏の夜道

とにかく歩きましょう
ということになって
歩き出して
三三五五道幅いっぱいになりながら歩いている
待つバスはおろか
車もまったく来る気配がない
夜道には
ぼってりと昼間のほとぼりがたちこめていて
街路灯の赤みをおびた光の中の
木も草も
息をひそめている

おたがいの距離をはかる必要もない
解き放たれたように
おたがいそれとわかるありようで
灯の中にあるものに浸るように歩いている
その先は行ってみなければわからない
行ってみましょう
道なりに
そう　道なりに
夜道もろとも解けて

ひるまの
あれは誰だったろう
鮮やかな時間を
出たり入ったり

夜のナス

わたしに触れないで
モモは　ふれないでくださいと
立札を出しても
たがいに触れ合って傷んでしまう道のりを
羽化の翅は
その一点でなおいっそうあぶない時間になって　その先へ
その先その先その先と　いまは同じをめぐっていたい
その夜の電車の
かれらも言葉少なに同じをめぐってその先が問題だった
その先はその先が少ないせいで言葉少なになってしまう
「イチニチイチドデモ触レレタラウレシイ」
かれらのひとりが口にした言葉は
そこで行き場を失って

灯に鱗粉が零れた一瞬の　おもわず
指先があやうい翅をつまんでしまったような
次の駅で仲間たちが降りてひとりになると
かれはくるりと白いシャツの背中になって
誰にも触れさせない
車両をうしろへうしろへ
白杖を使うこともなく慣れた足取りで
大切な言葉に漂うように移っていった
その先へ
と

夜遅く
水を流して
きゅっきゅっと音をたてて新鮮なナスを洗うと
ナスはひっそりとつやつやに実を詰めている
へたの鋭い棘がわたしを刺した

タケニグサ

目のまえを横切っている道路の分離帯に
タケニグサの群れが背丈を伸ばして
頂きに淡いクリーム色の花らしきものを付けると
いつも夏を念押すように見る
空がはじけるように広がって
しばらくは通るたびに目の端にあるはずだった
あるむし暑い明け方
夫はパンドラの箱をぶちまけて
逝ってしまった
夫の世間がにぎやかにおしよせて、去った
わたしと娘は二人きりになると
夫の苦しみを推しはかって
夫の闇をぼそっと口にした
屋上パーキングの夏の日差しが目くらましする

カレンダーにマル印がひとつ残っている
誰か何とか言ってくるだろう
部屋は冷やすほかない

それがこの夏の始まりだった
バスに乗っていると
途中いくつか交わっては逸れていく横道が
その先をあれこれ思い浮かべたりもしないから
そそくさと車窓を離れて行った
あとは道なりだった
道なりに終点に向かっていっきに走って行って
帰路はまた同じ道を引き返して行った
この道はそこが行き止まりだった
せめて道端の草でも折りたいが

バスはきょうもながながと信号待ちをするだろう
あのタケニグサはきょうもせいせいしているだろう

炎天

どうする　こうする　とか
そうじゃない　とか　そうだ　とか
この部屋を飛び交った片方の声は　ない
くちびるを閉じて闇
それには触れない　指先の
傷のあとの痺れの残った人差し指の
大きくも
小さくも
それもこれも闇だった
まっ白なユリが
てんでに向きを変えて
反り返ったラッパが
焼けた地面に向かって

ホッ　とか　ハアッ　とか言っている
あちこちこんなにも咲いてしまって
いいのかしらと思うほど
荒れ野の気配にすらなっている
闇を裏打ちした青空に
つぎからつぎへと切り取って花瓶に挿しつづけたら
押さえていた指先が　はっと　離してしまったように
白い花弁は緑鮮やかな苞から抜け落ちた
つぎつぎ抜け落ちていく
熟した苞が裂けると
種がハラハラこぼれて
なんと軽い
鈍い星空の底で
痺れた指先に　乗せて
フウッ　と
飛ばした

美しい庭

遠い日
家族三人
炎天の道を
花のようになって歩いた
無言でうなだれて歩いた
あの道はどこへもつながらなかった
解き放たれもしなかった
盛夏
午後の庭
葉の緑が一色にひしめいて
白い花　花　花

あふれだした糸状の花弁の絡み合う花を束ねて
大きな白い花　花
白い花ばかりが咲いている
誰もいない庭
を見ている
ひとすじの匂いすらとどかない
誰のものにもならない庭
いくつも思惑を抱えて
庭はまたたくまに荒れた
花は
弔わない

八月の広場

あの日
あの広場に落ちていた
あの美しい死骸を
（あなたに）手渡すのを
思いつかなかったばかりに
わたしは
何を失ったのだろう

屈んで手をのばすこともしなかった
七色の光を集めたあの背中は
またいだ歩幅の真ん中で

一瞬を行き過ぎた

後悔というには
あっけない
記憶をかすめて飛ぶ
一個の美しい死骸

またいつかどこかにと
思いつづけていなければならない
一個の美しい死骸　だった

八月の広場には美しい死骸がひとつ落ちている
と
焼けつく日差しを行き交う人の波に
のまれる

Ⅲ　海への扉

海への扉

錠を開けて　閂を
二枚の扉をつないだ一本の鉄棒をグイと横へ外して
海へ向かっておもいっきり蹴りだすように開けると
左右それぞれを
目の粗い金網のそれを
それぞれの取り付け穴に固定する
時間に扉を開ける
というひとつの行為が
わたしの朝になって
きのうは誰が　開けて朝の海を自分のものにしただろう
今朝はわたしが
するもしないもいつもどおりに開けて

海への通り口に　立つか立たぬかのすばやさで
視界の人になって
鍵を手にして
踵を返す

日暮れになると
暗がりの向こうから
少年が指に釣り針を刺して
泣いてやって来るから
時間になったら扉を閉める
という日暮れの規則を守って
後退りして二枚の扉を閉めて　閂を
二枚の扉をつなぐ一本の鉄棒を元に戻して
真一文字にしっかり通せんぼして施錠すると
海を二枚の扉の規則で置き去りにする

ゆれる穴

I

ここでは
海がいつも見えているから
海は
いつも見ている
つぎつぎと雲も形を変えて流れこんでくるのは
みがかれた窓のせいでもない
みがかれた窓の下に行けば
小鳥が落ちている
拾えば
手のひらに
さあ　と言わんばかりの両翼の白い帯の

危うい重みが
一個の塊になっている
だれかが金網に穴をあけたから
あいた穴をくぐって
海端のわずかな土へと
海へ近づいた
穴がゆれたはずみに
足がすくんで
片手が穴のふちをつかんだ
からだが傾いて
振り向きざま現れた人影に
おもわず声をたてて笑いだしてしまって
笑いが止まらず
海へ捨てた

ゆれる穴　2

ふさがれているはずの金網の穴は
いつのまにかあいて
穴はけっきょくいつもあることになってしまう
穴から入った　というか
穴から出た　というか
金網の穴をゆらしてまたぐと
海がすぐ足元にまで迫って
境界ののりしろのような場所で
手ぶらでは
足が地面に食らいついていかない
からだがゆれだしそうで

誰かに言葉をかけなくてはと
見知らぬ男が海の中から長い柄を引き上げた籠をのぞいたら
得体のしれない黒い大きな貝が泥のように入っている
男はうしろめたいのか
口をきこうともしない
見てはいけないもののように
うす赤い小さな蟹がはいまわっている
すばやく蟹をつかむと足元の青いバケツへ放りこんだ
そして何も言わせない背中で
泥のようなそれをむぞうさに海へ捨てた
蟹が数匹ガサガサ音をたてている
金網で
穴がじっと
わたしを見ている

後始末

落ちていた小鳥に
デイゴの木の根元をえらんで
シャベルでなんとか穴を掘ってはみたものの
まだ埋めてやることができないでいる
怖いほどやわらかでたよりない小さな重みを
そのあたたかさに
おもわず彼女の手にもどしてしまう
彼女は両手でくるむようにしている
彼女はときおりひどく頑なで
周囲を戸惑わせるひとで
もうすこし　待ちましょう
わたしの手にもまだおどろきがある

温室のガラスが開け放たれている
青空が器用に出入りする
かたい土の中から現れた白い根を
掘ったばかりの穴にかぶさるように
乾きはじめているむきだしの根のありさまを
見ている
ディゴは赤い花がまだ咲いている
これもたしかにわたしたちの仕事なのだと
若い同僚である彼女と　ふたりして
空の午後につれてゆっくり傾いている
海の匂いが来ますね
彼女はいつになく楽しげで　わたしも
頭上の花の群れを両手でしごいて
まっ赤におおってやろうと思ったりして
冷たくなるのを待っている

亜熱帯植物園

四角いガラスを
何枚も鉄の枠に嵌めこんで組み立てた
円錐と言ってもいいくらいの多角錐の
巨大なペーパーウエイトか
落し物のように海端に伏せられている
そう　無残に老いた
とりどりの亜熱帯植物が繁りあう温室は
葉に葉を重ねて繁りに繁って手を焼かせたが
実のところそれはほんの数年にすぎなかったのだが
植物の名前と配置図を一枚残して
若い女の園丁が姿を消した

太陽が時なしガラスを焼く
どのみち植物は枯れ果てるのだ
途切れてしまった地中の水の管
開閉の狂った窓
今朝は床にスズメが落ちていた
「水槽にヤゴがいっぱいいますよ」
「ああっ　メダカがおります」
迷いこんだトンボは悪者にはならなかったが
迷いこんだトンボの生んだ卵から孵ったヤゴは悪者になって
ひとけのない温室はガラスの檻
なかから洩れるわずかな水のきらめきが　あるいは腐臭か
中空を行きかうものを誘いこむ
船が遠巻きに視界を出入りする
「きょうは雨が降りこんできます」
時間は緩慢でもある

囀りの木

まったくとうとつ　だった
囀りのぬけがらだった
その木は囀りのぬけがらになって
囀りのぬけがらが
一本の木の形をして
吹きさらしの荒れ果てた道筋を見ようにも
歳月の浅い駅前の小さな広場に
借り物のように立っている
というほかなく
爛れた木肌をさらしてはいるが
それでもなにかにせかされるように

また葉を茂らせるにちがいない
花もつけるにちがいない
マロニエの木なのだ
幾重にも重なり合った葉の群れといい
葉の上にのびあがるピンクの豊かな花房といい
戸惑いぎみに現れるのだ
葉を茂らせてしまえば
木はふたたび葉陰をつくることになる
日暮れになると
外灯のなかで
囀りの木は
改札口を出る人の流れの堰になって
つぎつぎ集まってきた、いや帰ってきたというべきか
溢れかえった囀りが
帰宅する頭上に降り注ぐ

赤い巣箱

あれはすでに過ぎていったそれの
予感だったと思った
予感は後悔のそれでもあって
日暮れに通る道すじの
学校の裏庭の植え込みの木の枝のつけ根に
小鳥の巣箱がある
針金でくくりつけてある
木の枝にぽつんと乗っかっている
てのひらに乗るぐらいの小鳥の巣箱は背中をみせている
べったりと暗い赤に塗られている
丸い小さな穴から

新しいいのちが飛び立つという
未来はうしろ向きになっている
頭上はるかの木の枝にくくりつけられているが
すぐ目に飛び込んできて
悪意のような赤に塗りたくられている
時間を手繰るには
ぐりぐりと針金でくくりつけられている
針金はみきに食込んでいる
そう
わたしの通る道すじに
赤い小鳥の巣箱があって　いまも
予感の置き去りを見せてくる
小鳥には何のかかわりもない
それはわたくしごとにすぎない
後悔のそれになっている

Ⅳ　あいまいな場所

根が触る

足の裏に
根が触る
敷石越しに根が触る
なだめて歩いてみても
根がふくらんで触る
苦しげにアスファルトを割って現われた根のふくらみ
歩道を横切って
そのさきはどこへ向かっているのか
つぎに除かれるのはこの幹にちがいない
街の大木の除き方は
切り倒しはしない

植木屋は
とくに女の植木屋は股を裂いて
空に張る枝を渡って
目星をつけた枝にロープを結びつけている
大きな幹もクレーンのロープをくぐって
吊り切りされて
切り取られていくが
取り残して
置き去りにした株と根は
そうたやすく
朽ちてはいかない
きょうも根が触る
そのさきはどこへ向かうか
敷石の下で
とぐろを巻いている

月夜

中天に月がある
と　見あげたが
言わない
平たく押し固めた地面に立っている
目的半ばの単純な地形は
いま　無味無臭
月は頭上で
満月には少し足りない丸さで
いよいよ固く輝いている
ふふふふ　ふふふふふふふふ
もっとわるくおなりなさいよ　とか

きみはぶきようだからなあ　とか
もっと　もっと　とねだれば
もっと聞こえてきそうな
月の光のなかだった
彼の世の宴のような白い花
あんなところに花の木があると
口にはしないでいたけれど
よくよく近づいて行って見れば
なんのことはない
裸蔓がすっぽり木を覆って
月の光を受けている
それだけのことだった
無味無臭
ひょうしぬけとは言わせない
月夜のせいだった

道すがら

自転車で走ってくると
カラスが一羽
嘴になにやらくわえて
轢けるものなら轢いてみろ
と言わんばかりに
目の前にいる
真っ黒
あんたにかまってなんかいられないとペダルを
ひと踏みする
か　しないかのほんの一瞬を
カラスは飛び去った
そんなふうなに
走って行きがてら

刈り込まれたヒイラギの茂みに
粉雪のような花が咲いている
通り過ぎてしまってから
いつも　だれかに話さない
と　いつも同じことを思う
止まって下りてみたら
差し出したてのひらに粉雪を降らせただろうか
花はとうに散って
棘ばった硬い葉はそよぎもしない
目の端で
薄汚れた雪の塊が
解けるのにてこずっている
わたしはといえば
ペダルを踏んで
あるものないもの踏みしだいて
蹴散らして行ってしまった

手元に残った朝

ホームの緩いカーブに
車両が傾きかげんで入ってくると
開いたドアの一歩で繋がって　その先に
いうほど手応えがあったわけでもないが
この緩いカーブによって
きりなく流れていたものが
断ち切ったとたん
尾をひらつかせて
あっけないほど簡単に手元から離れていった
手持ちぶさたな朝の手の置き場所が逸れて
狭いベランダの日溜りのローズマリーの
よじれた枝をつかむと

強い匂いがたって
ほんのちょっと布端が触れたぐらいでも匂いをたてる
立った匂いはすうーっと部屋の中にまでついてきて
花にたかるハナアブの翅音までが
耳を探してくるし
やたら差し込んでくるオヒサマに靴下を脱ぐと
指が奇妙な生き物のように
神妙に並んでいるから
動かして
騒がせてみると
もっともっととせがんでみせるが
端の小指は右も左も背中を丸めて
おとなしく待つ人になったままになって
しかたなくため息をつくと
そこいうじゅう何もかもが
待っている顔つきを見せてくる

春の時間

木立の中の古いベンチに座った
数本の松の木の
葉の重なりを抜けてきたあいまいな日差しが
背後でそしらぬかおでいる
わたしはここにいる
と確かめるように思ってみた
見なれた公園がとりまいている
このこころもとないここちよさは何だろう
だれもなにも邪魔しない
わたし自身ですら邪魔しようとしない

人の気配が
木の影すら気になるぎこちない性分は
どこかへ失せている
わたしを木立の中の古いベンチに座らせたままにしている
花びらが絶え間なく散って
背後の丘で風が木々をさわがせている
聞くともなく風の音を聞いている
置き忘れた耳の底で
遠い風の音が重なり合っている
ときおり強い風に
散りしきる花びらや蘇るクスノキの葉が
砂まじりに丘の下へ吹き飛ばされていく
とりまいているものの端が壊れていくかのように

北の町の空

悲しみにたどり着くには
そこまで降りていかなければならないか
それは何だったのか
そことはほんとうはどこなのか
たとえば
おびただしい綿毛が
いちめんの畑を
林を
駅の広場を
町のどこまでいっても
中空を漂っていたと
振り返ってみるが
北の町の空は

綿毛の舞う季節は
砂塵をまきあげる季節でもあって
目にはなにも届かない
二人の帰りの空を別々に一日ずらしたら
最後の旅になった
ある日
おもいっきり目を打った
目のふちが切れて
血がふき出たのに
目のふちの傷口は難なく塞いだが
目の奥底が裂けて
目の奥底に見えてしまうものを
悲しみに透かすように
わたしは
猫のように
手で打ち払う仕草をする

ゆれている

風の気まぐれにゆれまぜて
空を透かして
一本の木になって
ゆれている
足を垂らして
忘れ去られて
干乾びて
枝のひとつにかけているような思いで
ベンチにすわりこんでゆれている
木のどこかに残っていた雨粒が
風にまぎれて落ちてきた
風はときおり思いきり力をこめてきた

刈り残されたくさむらがゆれまどう
木立に埋もれるように
丸い時計が白地に黒の数字を浮かせて
空にはとけだせないものになっている
針の位置などとうに風にまぎれている
破片混じりにいっぱい詰まっていたものが
からだのそこここに
あんがいかんたんに
てきとうにおさまってしまったら
安心かため息か問いようもない
もうなにも考えない
木は木をなしてゆれている
なかには幹に伐採の赤いバツ印を付けてまで
日がな一日ゆれている
ゆれている

あとがき

ふりかえれば私の詩へのそれは、北村太郎さんの詩の教室と、そこでの人々との出会いが始まりであり全てになっている。

子供が留守番ができるようになって、北村太郎さんの「詩の教室」へ入ってみた。荒地の詩人北村太郎は、穿きこんジーパンにダンガリーシャツというラフな格好で現れた。祭りの股引き、腹掛けを着たい、と話す声のいい江戸弁の詩人だった。

提出した作品への第一声は「西脇順三郎風だね」と。…赤面の借りてきた猫である。それでもちゃっかり終った後のコーヒーにも参加にした。借りてきた猫を返上するのに時間はかからなかった。そこでいくつか同人誌が生まれていて、その一つに誘われて二、三冊を経て、いまは「るなりあ」が年二回の作品が全ての場となっている。

教室の作品集「海都」の最終号で、北村太郎さんは、

これがわたくしたちの「海都」の十冊め、つまり創刊してから十年め、ということになる。時間なんて光の屑みたいなものだから、一年たとうと十年すぎようと、どうということはないはずだが、幸か不幸か、われわれはヒトだから、つい茫然としてしまうのも致し方あるまい。

描くとも、ともかくわたくしたちは詩を書きつづけてきた。幾重にも層を重

ねていることばの世界に、一年のうちのいくつかの日々を当ててきた。そのことの意味らしいものが多少でも見えてくれれば、それでいいのではないだろうか。やさしくて、むずかしいことば。澄んでいて、濁りきっていることば。どこまでも低くて、とてつもなく高いことば。その世界を〈詩の目〉で測り、調べ、〈詩の口〉で嚙み、味わってきて、はたして何を得、何を得なかったか。

そう自問するだけでも、いいのではないか。

一九九二年一月　北村太郎

と、残して逝かれた。示唆に富んだこのうつくしいことばを、残酷なことばを、持ち続けてきて、いま詩集を作っておきたいと思った。連れ合いがあまりにもあっけなく逝って、あれやこれやの五年余りが過ぎてみると、あとは身の回りを手当たり次第にゴミにする時間なのだと思うと、拙いものでも何らかの表情を、どんな表情を見せるのか、見てみたいと思った。手繰り寄せるに可能な距離にある作品を何とかまとめてみた。

この詩集を作るにあたり、こころよく引き受けていただきました「港の人」上野勇治様に、厚く御礼申しあげます。

二〇二五年二月二十三日　氏家篤子

氏家篤子　うじいえ　あつこ
一九五〇年愛知県生まれ
詩誌「るなりあ」同人

あいまいな場所

二〇二五年四月十八日初版第一刷発行

著者　氏家篤子

装丁　長田年伸

発行者　上野勇治

発行　港の人
神奈川県鎌倉市由比ガ浜三―一一―四九
〒二四八―〇〇一四
電話〇四六七―六〇―一三七四
ファックス〇四六七―六〇―一三七五
www.minatonohito.jp

印刷製本　創栄図書印刷

ISBN978-4-89629-455-2